中國書店藏珍貴古籍叢刊

梁啓超手批稼軒詞

中國書店

據中國書店藏梁啓超手批清光緒十四年四印齋本稼軒長短句影印原書半頁高二六四毫米寬一六四毫米

出版前言

中國書店珍藏的《梁啓超手批稼軒詞》是一部極爲珍貴的文獻資料，也是近些年京城古舊書業在梁啓超文獻研究方面重大的貢獻。

《梁啓超手批稼軒詞》原底本爲清代王鵬運刊刻的《四印齋所刻詞》之中的《辛稼軒長短句》十二卷本。據《梁氏飲冰室藏書目録》記載，梁啓超藏書《四印齋所刻詞》九十四卷，『內《辛稼軒長短句》十二卷缺』，正是此次中國書店珍藏的遺缺之本。全書一函五册，書頁之中，梁任公手批朱墨雙色批校文字遍布册頁之上，這些批校文字，多爲梁啓超考據和研究稼軒詞心得，反映出梁任公對稼軒詞的真實的內心感觸，是他治學宋詞的直接記録。其對稼軒詞版本的考據、對辛弃疾詞的抱負及豪放情懷的心歷共鳴凝結於評點之中，溢美之詞、批評之語歷歷在目。

梁啓超作爲我國近代史著名政治活動家，『公車上書』代表人物、『戊戌維新』運動領袖之一，在思想啓蒙、西方資産階級思想的傳播以及近代教育、史學研究、文學研究等領域具有很高的學術造詣。他一生著述頗爲豐富，留給后人的著作達一千四百餘萬字，涉獵面頗爲寬泛，包括哲學、歷史、法學、經濟學、佛學、文學等各個方面。梁啓超晚年對古代詞學研究表現出濃厚的興趣，并留有十萬餘字關於詞學研究的論述。

梁啓超的詞學研究，具有獨到的學術審視角度，他所采用的新方法、新思想，對後世詞學研究影響極大。如果説王國維在詞學研究上引入中西合璧的詞學思維和研究方法論，第一次讓詞學研究步入近代化學術範疇的話，梁啓超則將詞學近代化學術研究推向了一個新的高度。

梁啓超對詞學的研究和關注，主要是在他人生最後的十年，也恰恰是他的思想發生重大轉折的階段。梁啓超早年積極推行變法維新，主張向西方學習其先進的科學技術和西方的進步思想。但是到了梁啓超晚年，特别是在第一次世界大戰之后的一九一八年，梁啓超赴歐洲考察後，對西方世界的文化以及社會的認識産生了巨大的轉變。他認爲『西方的學問，以物質爲出發點。救知識饑荒，在西方找材料；救精神饑荒，在東方找材料』。他把以中國傳統文化爲主體的東方文明視爲拯救精神饑荒的最爲關鍵的內容，在他看來，『東方的主要精神，即精神生活的絶對自由』才是人們拯救世界的良方。正是在這樣的一個思想轉變過程中，梁啓超在其晚年對古代詞的研究，尤其是辛弃疾詞的研究尤爲重視。他曾經説過：『我桌子上和枕邊擺着一部汲古閣的《宋六十家詞》、一部王幼霞刻的《四印齋詞》、一部朱古微刻的《彊村叢書》。除却我的愛女之外，這些「詞人」便是我唯一的伴侣。』他先後批校、考據了周邦彦的《清真集》、元好問的《遺山樂府》、周密編的《絶妙好詞》和毛晋的《宋六十家詞》。而南宋詞人辛弃疾的跌宕起伏的命運，更讓梁啓超爲之産生共鳴。正是由於梁啓超對辛弃疾人格的景仰和對辛弃疾一生政治抱負的惜惜相憐，造就了他在稼軒詞的研究上傾注了更多的情感。他評價辛弃疾的詞時説：『詞中用回蕩的表情法用得最好的，當然要推辛稼軒。稼軒的性格和履歷，前頭已經説過。他是個愛國軍人，滿腔義憤，都拿詞來發泄。所以那一種元氣淋灕，前前後後的詞家都趕不上。』因此，晚年的梁啓超，對辛弃疾的詞進行了系統的研究，他收集了各種版本的稼軒詞，對《景刊宋金元明本詞》中的稼軒詞甲、乙、丙三集，明代鈔本《唐宋名賢百家詞》以及元代廣信書院刊本《稼軒長短句》進行了系統的考據和校正。

梁啓超對辛弃疾詞的研究，不僅僅是他内心感受着與稼軒詞相共鳴的精神世界，同時也用社會批評方式探討辛弃疾詞的社會影響及其意義。他對稼軒詞的研究，擺脱了傳統的詞話和評點的形式，而是站在他所要探求的解决『精神饑荒』的角度，從政治、歷史、藝術成就以及作者的政治抱負、文學心理等不同的角度去研究和闡釋辛弃疾的詞作。在稼軒詞諸版本的研究上，他一方面繼承了清乾嘉考據之風，另一方面又積極地吸收了西方學術研究的實證方法，清晰地梳理了稼軒詞的傳播脉絡和以往對稼軒詞研究的學術各流派的演變。在對於稼軒詞内容的研究方面，梁啓超引進社會學的理念，對辛弃疾所處的社會背景和歷史進程進行深刻的剖析，從中尋求宋人詞積極的文化精神。梁啓超對稼軒詞的研究，第一次用全新的研究思辨評價稼軒詞等豪放派的文化價值，在詞學研究上開闢了一個新的研究道路，對后世宋詞的研究産生了極爲深遠的影響。

以往人們介紹和探討梁啓超的詞學研究成果，多將其遺作《辛稼軒先生年譜》作爲梁啓超研究辛弃疾詞的最關鍵的成果，對其校注稼軒詞具體涉及很少，主要依據《飲冰室合集》所收録的内容。梁啓超去世後，其家人在一九三〇年將梁任公飲冰室全部藏書三千四百七十種、四萬一千餘册圖書以及部分墨迹、未刊稿及私人信札悉數捐贈給國立北平圖書館。後人根據這批藏書，整理出版了《梁氏飲冰室藏書目録》。而在《梁氏飲冰室藏書目録．集部》『詞曲類』記載收録梁啓超所藏《四印齋所刻詞》條目下明確記述：『《四印齋所刻詞》九十四卷，清王鵬運編，清光緒十四年王氏家塾刻本，内《辛稼軒長短句》十二卷缺，存十六册』。由於梁啓超批校的稼軒長短句原書的流失，使得後人没有看到其研究稼軒詞的全部成果，衹能憑借着《飲冰室合集》中收録的部分文字作爲研究梁啓超先生評點稼軒詞的資料依據。戊子年間，中國書店珍藏《辛稼軒長短句》一部，一函五册，恰恰就是梁啓超親手批校的這部書稿。中國書店的這一發掘、搶救善舉，爲梁啓超的研究提供了極爲珍貴的第一手文獻資料。同時也爲稼軒詞的研究再現了梁任公當年爲之嘔心瀝血的原貌，其學術價值、歷史意義不言而喻。

二〇〇九年元月是梁啓超逝世八十周年忌辰，中國書店出版社推出《梁啓超手批稼軒詞》影印本，爲梁啓超研究和宋詞研究提供最新的發現成果，也體現出中國書店在古籍文獻的發掘、保護和傳播方面的突出的文化意義。

中國書店出版社

戊子年冬月

用涉園景宋淳熙本校四印齋景元信
州本稼軒詞十二卷戊辰夏杪飲冰室
清課

稼軒詞

陶氏涉園景刻宋元詞中有稼軒詞一種分甲乙丙三集者向來著錄家所未見如甲集百十一首乙集百十四首丙集百七集首三集之編似不同出一人一時甲集最善卷首有淳熙戊申正月元日門人范開序稱暇日裒集冥搜才逾百首皆親得於公者以近時流布漸多贗本故不敢自閟云云乙丙集是否仍開所輯抑出後人手不敢知矣今取校此本甲集有而此本無之詞凡三首其二首已見辛敬甫據永樂大典補遺本乙丙集凡八首兩集四首中惟兩首見補遺餘皆未見其字句與此本異同者百餘處甲集殊多勝處如念奴嬌之喚起真閑客此本誤閑簡沁園春之鷲弦雁避此本誤鷲弦被東風吹訖此本被誤快滿江紅之嫦娥孤冷此本誤孤令晚風吹燈此本燈誤帽木蘭花慢之共秋風只等送歸艇此本等誤管水龍吟之桐陰閣道此本誤閣道聲聲慢之丹蓮葉展此本誤葉底滿庭芳之風雨曉來稀此本誤稀之凡此皆意讀此詞時懷疑不解者今日校正豁然者為於心乙丙集與此本之異文對此本較勝者多矣長夏無事手校具列卷端其數日有詞癖者上焉校錄焉凡二日而畢戊辰先立秋三日叔記

淳熙十五年戊申辛年四十九歲

甲集本有踏歌一首此本所無
乙集本有糖多令一首此本所無
乙集本有玉蝴蝶一首此本所無
丙集本有六州頭歌一首阮文亦是[illegible]
作平原者諸本此本[illegible]是[illegible]
[illegible]若刻去

稼軒長短句目錄

縮橅元大德廣信本

卷之一
哨遍三調　六州歌頭一調
蘭陵王二調　賀新郎二十調
卷之二
念奴嬌十九調　沁園春十三調
卷之三
水調歌頭三十五調　玉蝴蝶二調
卷之四
滿江紅三十三調　木蘭花慢五調
卷之五
水龍吟十三調　摸魚兒三調
西河一調　永遇樂五調
歸朝歡四調　一枝花一調
喜遷鶯一調　瑞鶴仙三調
聲聲慢四調
卷之六

丁集祝英臺近青綠楊堤一首此本所無

乙集有行香子起句歸去來兮此本無

乙集有一剪梅起句記得同燒此夜香此本無

乙集南鄉子起句好箇主人家一首此本無

卷之七

卷之八

八聲甘州二調　雨中花慢二調
漢宮春六調　滿庭芳四調
六么令二調　醉翁操一調
醜奴兒近一調　洞仙歌七調
驀山溪三調　最高樓八調
上西平二調

卷之七

新荷葉六調　御街行二調
祝英臺近二調　婆羅門引五調

千年調二調　粉蝶兒一調
千秋歲一調　江神子十二調
青玉案一調　感皇恩五調
行香子四調　一剪梅二調
踏莎行四調

卷之八

定風波十一調　破陣子五調
臨江仙二十四調　蝶戀花十二調
小重山三調　南鄉子五調

卷之九

鷓鴣天九十調　瑞鷓鴣五調

卷之十

玉樓春十七調　鵲橋仙七調

西江月十五調　朝中措六調

清平樂十五調　好事近四調

卷之十一

菩薩蠻十八調　卜算子十三調

醜奴兒八調　浣溪沙十五調

山花子八調　虞美人四調

浪淘沙三調　減字木蘭花三調

卷之十二

南歌子三調　醉太平一調

漁家傲一調　錦帳春一調

太常引四調　東坡引三調

夜遊宮一調　戀繡衾一調

杏花天三調　唐河傳一調

醉花陰一調　品令一調

尋芳草調名乙集本作王孫信

草堂詩餘有金菊對芙蓉一首不載稼軒作

惜分飛 一調　柳梢青 三調
河瀆神 一調　武陵春 二調
謁金門 三調　酒泉子 一調
霜天曉角 二調　點絳唇 二調
生查子 十調　尋芳草 一調
阮郎歸 一調　昭君怨 三調
烏夜啼 三調　一絡索 二調
如夢令 一調　憶王孫 一調

此本与淳熙本甲乙丙集校，此有彼無者二百四十首，彼有此無者甲集四首、乙集八首，又並有而調名異題者一首，丙集四首，而本合計除複重共五百八十八首，再合以辛啓泰從永樂大典所輯補遺三十六首，内除誤收他人作二首，与此兩本複重五首，實二十九首，都共得詞六百一十七首，是為傳世辛詞之總數。戊辰夏 [illegible]記

表諸墨筆（非圈點及評語者）乃三年前消夏北戴河時與兒曹瀏覽信手亂塗者　戊辰　叔記

稼軒長短句卷之一

宋　歷城　辛棄疾　幼安

哨遍

秋水觀 丙

蝸角鬬爭左觸右蠻一戰連千里君試思方寸此心微總虛空并包無際喻此理何言泰山毫末從來天地一稊米嗟小大相形鳩鵬自樂之二蟲又何知記跖行仁義孔丘非更殤樂長年老彭悲火鼠論寒冰

蠶語熱定誰同異　噫貴賤隨時連城纔換一羊皮誰與齊萬物莊周吾夢見之正商略遺篇翩然顧笑空堂夢覺題秋水有客問洪河百川灌雨涇流不辨涯涘於是焉河伯欣然喜以天下之美盡在已渺滄溟望洋東視逡巡向若驚歎謂我非逢子大方達觀之家未免長見悠然笑耳此堂之水幾何其但清溪一曲而已

用前韻 丙

按四頭五十九年紀謹案是慶元五年
己未六年葉時作　前首之韵說爲此首原唱
當亦同年作也

一壑自專五柳笑人晚乃歸田里問誰知
幾者動之微望飛鴻冥冥天際論妙理濁
醪正堪長醉從今自釀躬耕米嗟美惡難
齊盈虛如代天耶何必人知試回頭五十
九年非似夢裏歡娛覺來悲夔乃憐蚿穀
亦亡羊算來何異　嘻物諱窮時豐狐文
豹罪因皮富貴非吾願皇皇乎欲何之正
萬籟都沉月明中夜心彌萬里清如水卻
自覺神遊歸來坐對依稀淮岸江涘看一

時魚鳥忘情喜會我已忘機更忘已又何
曾物我相視非魚濠上遺意要是吾非子
但教河伯休慚海若小大均爲水耳世間
喜慍更何其笑先生三仕三已

趙昌父之祖季思學士退居鄭
圃有亭名魚計宇文叔通爲作
古賦今昌父之弟成父於所居
鑿池築亭榜以舊名昌父爲成
父作詩屬余賦詞余爲賦哨遍

莊周論於蟻棄知於魚得計於羊棄意其義美矣然上文論蝨託於豕而得焚羊肉爲蟻所慕而致殘下文將併結二義乃獨置豕蝨不言而遽論魚其義無所從起又問於羊蟻兩句之間使羊蟻之義離不相屬何耶其必有深意存焉顧後人未之曉耳或言蟻得水而死羊得水而病魚得水而活此最穿鑿不成義趣余嘗反復尋繹終未能得意世必有能讀此書而了其義者他日倘見之而問焉姑先識余疑於此詞云爾

池上主人人適忘魚魚適還忘水洋洋乎翠藻青萍裏想魚兮無便於此嘗試思莊周正談兩事一明豕蝨一羊蟻說蟻慕於羶於蟻弃知又說於羊棄意甚蝨焚於豕

獨忘之却驟說於魚爲得計千古遺文我不知言以我非子　子固非魚噫魚之爲計子焉知河水深且廣風濤萬頃堪依有網罟如雲鵜鶘成陣過而留泣計應非其外海茫茫下有龍伯飢時一啖千里更任公五十犗爲餌使海上人人厭腥味似鵾鵬變化能幾東遊入海此計直以命爲嬉古來謬算狂圖五鼎烹死指爲平地嗟魚欲事遠遊時請三思而行可矣

六州歌頭

屬得疾暴甚醫者莫曉其狀小愈困臥無聊戲作以自釋

晨來問疾有鶴止庭隅吾語汝只三事太愁余病難扶手種青松樹碍梅塢妨花逕纔數尺如人立却須鋤　秋水堂前曲沼明於鏡可燭眉鬚被山頭急雨耕壟灌泥塗誰使吾廬映汚渠　歎青山好簷外竹遮欲盡有還無刪竹去吾乍可食無魚愛扶

青山二字乃夾注

按清真集本調則過字應是韻但各本皆作過想是稼軒別調也

慶元五年 先生年六十

疏又欲爲山計千百慮累吾軀凡病此吾過矣子奚如口不能言臆對雖盧扁藥石難除有要言妙道事見七發往問北山愚庶有瘳乎按六州歌頭欽定詞譜係雙調元刻作四疊姑仍之汲古閣本作三疊

蘭陵王

賦一邱一壑 丙

一邱壑老子風流占却茅簷上松月桂雲脈脈石泉逗山腳尋思前事錯惱殺晨猿夜鶴終須是鄧禹輩人錦繡麻霞坐黃閣長歌自深酌看天闊鳶飛淵靜魚躍西風黃菊香噴薄悵日莫雲合佳人何處紉蘭結佩帶杜若入江海曾約　遇合事難托莫擊磬門前荷蕢人過仰天大笑冠簪落待說與窮達不須疑著古來賢者進亦樂退亦樂

己未八月二十日夜夢有人以石研屏見餽者其色如玉光潤可愛中有一牛磨角作鬬狀云

奇思陰語它家欲示於道

湘潭里中有張其姓者，多力善鬬，號張難敵。一日與人搏，偶敗，忿赴河而死。居三日，其家人來視之，浮水上，則牛耳自後竝水之山往往有此石，或得之，里中輒不利。夢中異之，爲作詩數百言，大抵皆取古之怨憤變化異物等事，覺而忘其言。後三日，賦詞以識其異。

恨之極。恨極銷磨不得。萇弘事、人道後來、其血三年化爲碧。鄭人緩也泣、吾父攻儒助墨。十年夢、沈痛化余、秋柏之間旣爲實。

相思重相憶、被怨結中腸、潛動精魄。望夫江上巖巖立、嗟一念中變、後期長絕。君看啟母憤所激、又俄頃爲石。

難敵最多力。甚一忿沉淵、精氣爲物。依然困鬬牛磨角、便影入山骨、至今雕琢。尋思人世、只合化夢中蝶。

賀新郎

賦水仙

雲臥衣裳冷。看蕭然、風前月下，水邊幽影。羅襪生塵凌波去，湯沐煙波萬頃。愛一點、嬌黃成暈。不記相逢曾解佩，甚多情、爲我香成陣。待和淚，收殘粉。　靈均千古懷沙恨。記當時、匆匆忘把，此仙題品。煙雨淒迷僝僽損，翠袂搖搖誰整。謾寫入、瑤琴幽憤。絃斷招魂無人賦，但金杯的皪銀臺潤。愁殢酒，又獨醒。

賦海棠

著厭霓裳素染，臙脂苧羅山下，浣沙溪渡。誰與流霞千古醖，引得東風相誤。從臾入、吳宮深處。鬢亂釵橫渾不醒，轉越江、剗地迷歸路。煙艇小，五湖去。　當時倩得春留住。就錦屏、一曲種種，斷腸風度。纔是清明三月近，須要詩人妙句。笑援筆、慇懃爲賦。十樣蠻牋紋錯綺，粲珠璣、淵擲驚風雨。重

喚酒共花語

賦滕王閣

高閣臨江渚訪層城空餘舊迹黯然懷古畫棟朱簾當日事不見朝雲莫雨但遺意西山南浦天宇修眉浮新綠映悠悠潭影長如故空有恨柰何許　王郎健筆誇翹楚到如今落霞孤鶩競傳佳句物換星移知幾度夢想珠歌翠舞爲徙倚闌干凝佇目斷平蕪蒼波晚快江風一瞬澄襟暑誰

共飲有詩侶

賦琵琶

鳳尾龍香撥自開元霓裳曲罷幾番風月最苦潯陽江頭客畫舸亭亭待發記出塞黃雲堆雪馬上離愁三萬里望昭陽宮殿孤鴻沒絃解語恨難說　遼陽驛使音塵絕瑣窗寒輕攏慢撚淚珠盈睫推手含情還却手一抹梁州哀徹千古事雲飛煙滅賀老定場無消息想沉香亭北繁華歇彈

綠字不作入聲殊可異
但各本皆同

淛中作

乙集亦有此字

戊申作

鵞湖勝迹朱陸之外
復有辛陳昔地足千古
矣

賀新郎

清

到此爲嗚咽。

又

柳暗淩波路。送春歸猛風暴雨。一番新綠。千里瀟湘葡萄漲。人解扁舟欲去。又檣燕留人相語。艇子飛來生塵步。唾花寒唱我新番句。波似箭。催鳴櫓。　黃陵祠下山無數。聽湘娥泠泠曲罷。爲誰情苦。行到東吳春已莫。正江潤潮平穩渡。望金雀觚稜翔舞。前度劉郎今重到。問玄都千樹花存否。愁爲倩。幺絃訴。

陳同父自東陽來過余。留十日。與之同游鵞湖。且會朱晦菴於紫溪。不至。飄然東歸。既別之明日。余意中殊戀戀。復欲追路至鷺鷥林。則雪深泥滑。不得前矣。獨飲方村。悵然久之。頗恨挽留之不遂也。夜半投宿吳氏泉湖四望樓。聞隣笛悲甚。爲賦乳燕

正字當衍

疊韻皆不見佳妙

飛以見意又五日同父書來索
詞心所同然者如此可發千里
一笑

把酒長亭說看淵明風流酷似臥龍諸葛
何處飛來林間鵲蹙踏松梢殘雪要破帽
多添華髮剩水殘山無態度被疏梅料理
成風月兩三鴈也蕭瑟　佳人重約還輕
別悵清江天寒不渡水深冰合路斷車輪
生四角此地行人銷骨問誰使君來愁絕
鑄就而今相思錯料當初費盡人間鐵長
夜笛莫吹裂

同父見和再用韻答之

老大那堪說似而今元龍臭味孟公瓜葛
我病君來高歌飲驚散樓頭飛雪笑富貴
千鈞如髮硬語盤空誰來聽記當時只有
西窗月重進酒換鳴瑟　事無兩樣人心
別問渠儂神州畢竟幾番離合汗血鹽車
無人顧千里空收駿骨正目斷關河路絕

用前韵送杜叔高

福州遊西湖

以下三首皆壬子癸丑間作

西上乃本作陰成不如此本

我最憐君中宵舞道男兒到死心如鐵看試手補天裂

用前韻贈金華杜仲高 乙

細把君詩說恍餘音鈞天浩蕩洞庭膠葛千丈陰崖塵不到惟有層冰積雪乍一見寒生毛髮自昔佳人多薄命對古來一片傷心月金屋冷夜調瑟　去天尺五君家別看乘空魚龍慘淡風雲開合起望衣冠神州路白日銷殘戰骨歎夷甫諸人清絕夜半狂歌悲風起聽錚錚陣馬簷間鐵南共北正分裂

三山雨中游西湖有懷趙丞相經始 丙

翠浪吞平野挽天河誰來照影臥龍山下煙雨偏宜晴更好約略西施未嫁待細把江山圖畫千頃光中堆灩澦似扁舟欲下瞿塘馬中有句浩難寫　詩人例入西湖社記風流重來手種綠成陰也陌上游人

誇故國十里水晶臺榭更複道橫空清夜
粉黛中洲歌妙曲問當年魚鳥無存者堂
上燕又長夏

和前韻

覓句如東野想錢塘風流處士水仙祠下
更憶小孤煙浪裏望斷彭郎欲嫁是一色
空濛難畫誰解胸中呑雲夢試呼來草賦
看司馬須更把上林寫　雞豚舊日漁樵
社問先生帶湖春漲幾時歸也爲愛瑠璃

三萬頃正臥水亭煙樹對玉墖微瀾深夜
鴈鶩如雲休報事被詩逢敵手皆勍者春
草夢也宜夏

又和

碧海成桑野笑人間江翻平陸水雲高下
自是三山顏色好更著雨婚煙嫁料未必
龍眠能畫擬向詩人求幼婦倩諸君妙手
皆談馬須進酒爲陶寫　回頭鷗鷺瓢泉
社莫吟詩莫抛尊酒是吾盟也千騎而今

遮白髮忘却滄浪亭榭但記得灞陵呵夜
我輩從來文字飲怕壯懷激烈須歌者蟬
噪也綠陰夏

別茂嘉十二弟鵜鴂杜鵑實兩
種見離騷補註

綠樹聽鵜鴂更那堪鷓鴣聲住杜鵑聲切
啼到春歸無尋處苦恨芳菲都歇算未抵
人間離別馬上琵琶關塞黑更長門翠輦
辭金闕看燕燕送歸妾　將軍百戰身名

裂向河梁回頭萬里故人長絕易水蕭蕭
西風冷滿座衣冠似雪正壯士悲歌未徹
啼鳥還知如許恨料不啼清淚長啼血誰
共我醉明月

題趙兼善龍圖東山小魯亭

下馬東山路恍臨風周情孔思悠然千古
寂寞東家丘何在縹緲危亭小魯試重上
巖巖高處更憶公歸西悲日正濛濛陌上
多零雨嗟費却幾章句　謝公雅志還成

趣記風流中年懷抱長攜歌舞政爾艮難君臣事晚聽秦箏聲苦快滿眼松篁千畝把似渠垂功名淚算何如且作溪山主雙白鳥又飛去

題傅君用山園

曾與東山約爲鯈魚從容分得清泉一勺堪笑高人讀書處多少松窗竹閣甚長被遊人占却萬卷何言達時用士方窮早與人同樂新種得幾花藥　山頭怪石蹲秋鶚俯人間塵埃野馬孤撐高攫拄杖危亭扶未到已覺雲生兩腳更換却朝來毛髮此地千年曾物化莫呼猿且自多招鶴吾亦有一邱壑

用韻題趙晉臣敷文積翠巖余謂當築陂於其前

拄杖重來約到東風洞庭張樂滿空簫勺巨海拔犀頭角出東向北山高閣尚依舊爭前又却老我傷懷登臨際問何方可以

仲止名淲 元吉子 有澗泉詩餘

平哀樂唯是酒萬金藥 勸君且作橫空鶚更休論人間腥腐紛紛烏攫九萬里風斯在下翻覆雲頭雨脚快直上崑崙濯髮好臥長虹陂十里是誰言聽取雙黃鶴攜翠影浸雲壑

韓仲止判院山中見訪席上用前韻

聽我三章約有談功談名者舞談經深酌作賦相如親滌器識字子雲投閣算枉把精神費却此會不如公榮者莫呼來政爾妨人樂醫俗士苦無藥 當年衆鳥看孤鶚意飄然橫空直把曹吞劉攫老我山中誰來伴須信窮愁有脚似剪盡還生僧髮自斷此生天休問倩何人說與乘軒鶴吾有志在邱壑起用世說語

邑中園亭僕皆爲賦此詞一日獨坐停雲水聲山色競來相娛意溪山欲援例者遂作數語庶

吾儕茹病共李祓但逸存此

幾彷彿淵明思親友之意云 两

甚矣吾衰矣。悵平生交游零落，只今餘幾。白髮空垂三千丈，一笑人間萬事。問何物能令公喜。我見青山多嫵媚，料青山見我應如是。情與貌，略相似。　一尊搔首東窗裏，想淵明停雲詩就，此時風味。江左沈酣求名者，豈識濁醪妙理。回首叫雲飛風起。不恨古人吾不見，恨古人不見吾狂耳。知我者，二三子。

再用前韻

鳥倦飛還矣，笑淵明缾中儲粟有無能幾。蓮社高人留翁語，我醉寧論許事。試沽酒重斟翁喜。一見蕭然音韻古，想東籬醉臥參差是。千載下，竟誰似。　元龍百尺高樓裏，把新詩慇懃問我，停雲情味。北夏門高從拉攞，何事須人料理。翁曾道繁華朝起，塵土人言寧可用，顧青山與我何如耳。歌且和楚狂子

花庵
題作自述

陡頓辛啓泰本作頓欹盖
肥改耳

題傅巖叟悠然閣

路入門前柳到君家悠然細說淵明重九晚歲淒其無諸葛惟有黃花入手更風雨東籬依舊陡頓南山高如許是先生拄杖歸來後山不記何年有　是中不減康廬秀倩西風爲君喚起翁能來否鳥倦飛還平林去雲自無心出岫謄準備新詩幾首欲辨忘言當年意慨遙遙我去羲農久天下事可無酒

用前韻再賦

肘後俄生柳歎人生不如意事十常八九右手淋浪才有用閒却持螯左手謾贏得傷今感舊投閣先生惟寂寞笑是非不了身前後持此語問烏有　靑山幸自重重秀問新來蕭蕭木落頗堪秋否總被西風都瘦損依舊千嵒萬岫把萬事無言搔首翁比渠儂人誰好是我常與我周旋久甯作我一盃酒

辛本著作看误

嚴和之好古博雅以嚴本莊姓取蒙莊子陵四事曰濮上曰濠梁曰齊澤曰嚴瀨爲四圖屬余賦詞余謂蜀君平之高楊子雲所謂雖隋和何以加諸者班孟堅獨取子雲所稱述爲王貢諸傳序引不敢以其姓名列諸傳尊之也故余以謂和之當併圖君平像置之四圖之間庶幾嚴

氏之高節備焉作乳燕飛詞使歌之

濮上看垂釣更風流羊裘澤畔精神孤矯楚漢黃金公卿印比著漁竿誰小但過眼纔堪一笑惠子焉知濠梁樂望桐江千丈高臺好煙雨外幾魚鳥　古來如許高人少細平章兩翁似與巢由同調已被堯知方洗耳畢竟塵污人了要名字人間如掃我愛蜀莊沈冥者解門前不使徵車到君

爲我畫三老

和徐斯遠下第謝諸公載酒韻

逸氣軒眉宇似王良輕車熟路驊騮欲舞我覺君非池中物咫尺蛟龍雲雨時與命猶須天賦蘭佩芳菲無人問歎靈均欲向重華訴空壹鬱共誰語　兒曹不料楊雄賦怪當年甘泉誤說靑葱玉樹風引船回滄溟闊目斷三山伊阻但笑指吾廬何許門外蒼官三百輩盡堂堂八尺鬚髯古誰載酒帶湖去

稼軒長短句卷之一終

稼軒長短句卷之二

念奴嬌

書東流村壁

野塘花落，又匆匆過了，清明時節。剗地東風欺客夢，一枕雲屏寒怯。曲岸持觴，垂楊繫馬，此地曾輕別。樓空人去，舊遊飛燕能說。　聞道綺陌東頭，行人曾見，簾底纖纖月。舊恨春江流不斷，新恨雲山千疊。料得明朝，尊前重見，鏡裏花難折。也應驚問，近來多少華髮。

登建康賞心亭呈史留守致道

我來弔古，上危樓，贏得閒愁千斛。虎踞龍盤何處是，只有興亡滿目。柳外斜陽，水邊歸鳥，隴上吹喬木。片帆西去，一聲誰噴霜竹。　却憶安石風流，東山歲晚，淚落哀箏曲。兒輩功名都付與，長日惟消碁局。寶鏡難尋，碧雲將莫，誰勸盃中綠。江頭風怒，朝來波浪翻屋。

凡兩本字句有異同，吾認淳熙本爲不誤或較勝者，施。符於首端所校字旁；若大德本勝，則施×符，或於原字旁施。符。其兩本無甚軒輊者，則不施符。大抵甲集異文多佳勝，乙丙集則反遜大德本也。六月十四日

丙午丁未間作
癸醜詩云：憶昔答答來少在雪樓下。知雪樓爲子弟湖宅中之一樓

西湖和人韻　花庵　草堂

晚風吹雨，戰新荷聲亂，明珠蒼璧。誰把香奩收寶鏡，雲錦周遭紅碧。飛鳥翻空，遊魚吹浪，慣趁笙歌席。坐中豪氣，看君一飲千石。　遥想處士風流，鶴隨人去，已作飛僊伯。茆舍疎籬今在否，松竹已非疇昔。欲說當年，望湖樓下，水與雲寬窄。醉中休問，斷腸桃葉消息。

和韓南澗載酒見過雪樓觀雪

冤園舊賞，悵遺踪，飛鳥千山都絕。縞帶銀盃江上路，惟有南枝香別。萬事新奇，青山一夜，對我頭先白。倚巖千樹，玉龍飛上瓊闕。　莫惜霧鬢雲鬟，試教騎鶴，去約尊前月。自與詩翁磨凍硯，看掃幽蘭新闋。便擬明年，人間揮汗，留取層冰潔。此君何事，晚來曾爲腰折。

賦雨巖効朱希眞體

近來何處有吾愁，何處還知吾樂。一點淒

涼千古意獨倚西風寥闊剪竹尋泉和雲種樹喚做眞閒箇此心閒處未應長藉邱壑　休說往事皆非而今云是且把清尊酌醉裏不知誰是我非月非雲非鶴露冷松梢風高桂子醉了還醒却北窗高臥莫教啼鳥驚著

雙陸和陳仁和韻

少年橫槊氣憑陵酒聖詩豪餘事袖手旁觀初未識兩兩三三而已變化須臾鷗翻石鏡鵲抵星橋外搗殘秋練玉砧猶想纖指　堪笑千古爭心等閒一勝拚了光陰費老子忘機渾謾與鴻鵠飛來天際武媚宮中韋娘局上休把興亡記布衣百萬看君一笑沉醉

賦白牡丹和范先之韻

對花何似似吳宮初教翠圍紅陣欲笑還愁羞不語惟有傾城嬌韻翠蓋風流牙籤名字舊賞那堪省天香染露曉來衣潤誰

似是晚年作

整　最愛弄玉團酥就中一朵曾入揚州詠華屋金盤人未醒燕子飛來春盡最憶當年沉香亭北無限春風恨醉中休問夜深花睡香冷

和信守王道夫席上韻

風狂雨横是邀勒園林幾多桃李待上層樓無氣力塵滿欄干誰倚就火添衣移香傍枕莫捲朱簾起元宵過也春寒猶自如此　爲問幾日新晴鳩鳴屋上鵲報簷前喜指拭老來詩句眼要看拍堤春水月下憑肩花邊繫馬此興今休矣溪南酒賤光陰只在彈指

戲贈善作墨梅者

江南盡處墮玉京僊子絕塵英秀彩筆風流偏解寫姑射冰姿清瘦笑殺春工細窺天巧妙絕應難有丹青圖畫一時都愧凡陋　還似籬落孤山嫩寒清曉秪欠香沾袖淡竚輕盈誰付與弄粉調朱纖手疑是

花神竭來人世占得佳名久松篁佳韻倩君添做三友

韻梅

疎疎淡淡問阿誰堪比太眞顏色笑殺東君虛占斷多少朱朱白白雪裏溫柔水邊明秀不借春工力骨清香嫩迥然天與奇絕　嘗記寶籞寒輕瑣窗人睡起玉纖輕摘漂泊天涯空瘦損猶有當年標格萬里風煙一溪霜月未怕欺他得不如歸去閬風有箇人惜

瓢泉酒酣和東坡韻

倘來軒冕問還是古今人間何物舊日重城愁萬里風月而今堅壁藥籠功名酒壚身世可惜蒙頭雪浩歌一曲坐中人物三傑　休歎黃菊凋零孤標應也有梅花爭發醉裏重揩西望眼惟有孤鴻明滅萬事從教浮雲來去枉了衝冠髮故人何在長庚應伴殘月

再用韻和洪莘之通判丹桂詞

道人元是道家風來作煙霞中物翠幰裁犀遮不定紅透玲瓏油壁借得春工惹將秋露薰做江梅雪我評花譜便應推此爲傑　憔悴何處芳枝十郎手種看明年花發坐斷虛空香色界不怕西風起滅別駕風流多情更要簪滿嫦娥髮等閒折盡玉斧重倩修月

又

洞庭春晚舊傳恐是人間尤物收拾瑤池傾國艷來向朱欄一壁透戶龍香隔簾鶯語料得肌如雪月妖眞態是誰教避人傑　酒罷歸對寒窗相留昨夜應是梅花發賦了高唐猶想像不管孤燈明滅半面難期多情易感愁點星星髮繞梁聲在爲伊忘味三月

趙晉臣敷文十月望生日自賦詞屬余和韻

看公風骨似長松磊落多生奇節世上兒
曹都蓄縮凍芋旁堆秋瓞結屋溪頭境隨
人勝不是江山別紫雲如陣妙歌爭唱新
闋　尊酒一笑相逢與公臭味菊茂蘭須
悅天上四時調玉燭萬事宜詢黃髮看取
東歸周家叔父手把元龜說祝公長似十
分今夜明月

和趙國興知錄韻

爲沽美酒過溪來誰道幽人難致更覺元

龍樓百尺湖海平生豪氣自歎年來看花
索句老不如人意東風歸路一川松竹如
醉　怎得身似莊周夢中蝴蝶花底人間
世記取江頭三月暮風雨不爲春計萬斛
愁來金貂頭上不抵銀瓶貴無多笑我此
篇聊當賓戲

重九席上

龍山何處記當年高會重陽佳節誰與老
兵供一笑落帽參軍華髮莫倚忘懷西風

也解點檢尊前客淒涼今古。眼中三兩飛蝶。須信采菊東籬高情千載只有陶彭澤愛說琴中如得趣絃上何勞聲切試把空杯翁還肯道何必盃中物臨風一笑請翁同醉今夕

用韻答傅先之提舉

君詩好處似鄒魯儒家還有奇節下筆如神強押韻遺恨都無毫髮炙手炎來掉頭冷去無限長安客丁甯黃菊未消勾引蜂

蝶。天上絳闕清都聽君歸去我自癯山澤人道君才剛百鍊美玉都成泥切我愛風流醉中傾倒邱壑胸中物一盃相屬莫孤風月今夕

賦傅巖叟香月堂兩梅

未須草草賦梅花多少騷人詞客總被西湖林處士不肯分留風月疎影橫斜暗香浮動把斷春消息試將花品細參今古人物。看取香月堂前歲寒相對楚兩龔之

潔自與詩家成一種不係南昌仙籍怕是當年香山老子姓白來江國謫仙人字太白還又名白

余既爲傅巖叟雨梅賦詞傅君用席上有請云家有四古梅今百年矣未有以品題乞援香月堂例欣然許之且用前篇體製戲賦

是誰調護歲寒枝都把蒼苔封了茆舍疎

籬江上路淸夜月高山小摸索應知曹劉沈謝何況霜天曉芬芳一世料君長被花惱　惆悵立馬行人一枝最愛竹外橫斜好我向東鄰曾醉裏喚起詩家二老拄杖而今婆娑雪裏又識商山皓請君置酒看渠與我傾倒

沁園春

帶湖新居將成　甲　花庵　草堂　題作退閒　題同花庵

三徑初成鶴怨猿驚稼軒未來甚雲山自

此詞之作甚遲不能在甲辰年以後蓋洪适有題辛幼安稼軒七律一首即指此新居之成者而适以卒於甲辰也

許。平生意氣。衣冠人笑。抵死塵埃。意倦須還。身閒貴早。豈爲蓴羹鱸鱠哉。秋江上。看驚絃雁避。駭浪船回。　東岡更葺茅齋。好都把軒窗臨水開。要小舟行釣。先應種柳。疏籬護竹。莫礙觀梅。秋菊堪餐。春蘭可佩。留待先生手自栽。沉吟久。怕君恩未許。此意徘徊。

送趙景明知縣東歸再用前韻

佇立瀟湘。黃鵠高飛。望君未來。快東風吹斷。西江對語。急呼斗酒。旋拂塵埃。却怪英姿。有如君者。猶欠封侯萬里哉。空贏得。道江南佳句。只有方回。　錦帆畫舫行齋。悵雪浪粘天江景開。記我行南浦。送君折柳。君逢驛使。爲我攀梅。落帽山前。呼鷹臺下。人道花須滿縣栽。都休問。看雲霄高處。鵬翼徘徊。

戊申歲。奏邸忽騰報謂余以病挂冠。因賦此

聞苑勝久久乃嘗詞然則苑勝戊卯
在戊申已達六已而耳
老一條十日前所記也細玩詞中意似為
實並私此後至戊申歲公早已苑勝家
居其苑勝之實緣謾劾私謝病歸里
只奏即作此謄摺不禁說歎詞中有抱
甕年來自灌園但悽涼詞己五言可證
為嘆老人間兒女怨恩此心無有親冤
等語言不以謗劾爲懷也有合挂當年
神武門語云本自早請病歸被劾
如青山也妨賢路謂信宇語山中
友重與招魂意謂當有起用者更
當再考也
若戊申之前立官之花閒所編稼軒甲
集戊於丁未臘前書中多家居作使
不可解 又考傳所謂久之主管沖佑觀
亦上無從見其久矣
十七年五月八日記

老子平生笑盡人間兒女怨恩況白頭能
幾定應獨往青雲得意見說長存抖擻衣
冠憐渠無恙合挂當年神武門都如夢算
能爭幾許雞曉鐘昏　此心無有新冤況
抱甕年來自灌園但淒涼顧影頻悲往事
慇勤對佛欲問前因却怕青山也妨賢路
休鬬尊前見在身山中友試高吟楚些重
與招魂

期思舊呼奇獅或云碁師皆非

也余考之荀卿書云孫叔敖期
思之鄙人也期思屬弋陽郡此
地舊屬弋陽縣雖古之弋陽期
思見之圖記者不同然有弋陽
則有期思也橋壞復成父老請
余賦作沁園春以證之

有美人兮玉佩瓊琚吾夢見之問斜陽猶
照漁樵故里長橋誰記今古期思物化蒼
茫神遊彷彿春與猿吟秋鶴飛還驚笑向

晴波忽見千丈虹霓　覺來西望崔嵬更上有青楓下有溪待空山自薦寒泉秋菊中流却送桂棹蘭旗萬事長嗟百年雙鬢吾非斯人誰與歸憑闌久正清愁未了醉墨休題

答余叔良

我試評君君定何如玉川似之記李花初發乘雲共語梅花開後對月相思白髮重來畫橋一望秋水長天孤鶩飛同吟處看

珮搖明月衣捲青霓　相君高節崔嵬是此處耕巖與釣溪被西風吹盡村簫社鼓青山留得松蓋雲旗弔古愁濃懷人日暮一片心從天外歸新詞好似淒涼楚些字字堪題

答楊世長

我醉狂吟君作新聲倚歌和之算芬芳定向梅間得意輕清多是雪裏尋思朱雀橋邊何人會道野草斜陽春燕飛都休問甚

元無霽雨却有晴霓　詩壇千丈崔嵬更有筆如山墨作溪看君才未數曹劉敵手風騷合受屈宋降旗誰識相如平生自許慷慨須乘駟馬歸長安路問垂虹千柱何處曾題

靈山齊菴賦時築偃湖未成

疊嶂西馳萬馬回旋衆山欲東正驚湍直下跳珠倒濺小橋橫截缺月初弓老合投閒天教多事檢校長身十萬松吾廬小在龍蛇影外風雨聲中　爭先見面重重看爽氣朝來三數峰似謝家子弟衣冠磊落相如庭戶車騎雍容我覺其間雄深雅健如對文章太史公新堤路問偃湖何日煙水濛濛

弄溪賦

有酒忘杯有筆忘詩弄溪柰何看從橫斗轉龍蛇起陸崩騰决去雪練傾河嫋嫋東風悠悠倒影搖動雲山水又波還郤否欠

菖蒲攢港緣竹緣坡　長松誰剪崖峩笑野老來耘山上禾算只因魚鳥天然自樂非關風月間處偏多芳草春深佳人日暮濯髮滄浪獨浩歌裴回久問人間誰似老子婆娑

期思卜築

一水西來千丈晴虹十里翠屏喜草堂經歲重來杜老斜川好景不負淵明老鶴高飛一枝投宿長笑蝸牛戴屋行平章了待十分佳處著箇茅亭　青山意氣崢嶸似為我歸來嫵媚生解頻教花鳥前歌後舞更催雲水暮送朝迎酒聖詩豪可能無勢我乃而今駕馭卿清溪上被山靈却笑白髮歸耕

將止酒戒酒杯使勿近

盃汝前來老子今朝點檢形骸甚長年抱渴咽如焦釜于今喜眩氣似奔雷汝說劉伶古今達者醉後何妨死便埋渾如許歎

汝於知己，真少恩哉。更憑歌舞爲媒，算合作人間鴆毒猜。況怨無小大，生於所愛，物無美惡，過則爲災。與汝成言，勿留亟退，吾力猶能肆汝盃。盃再拜，道麾之即去，招亦須來。

城中諸公載酒入山余不得以止酒爲解遂破戒一醉再用韻

盃汝知乎酒泉罷侯鴟夷乞骸更高陽入謁都稱虀臼杜康初筮正得雲雷細數從前不堪餘恨歲月都將麴糵埋君詩好似提壺却勸沽酒何哉　君言病豈無媒似壁上雕弓蛇暗猜記醉眠陶令終全至樂獨醒屈子未免沉菑欲聽公言慙非勇者司馬家兒解覆盃還堪笑借今宵一醉爲故人來（用酈原事）

壽趙茂嘉郎中時以置兼濟倉振濟里中除直秘閣

甲子相高亥首曾疑絳縣老人看長身玉

立鶴般風度方頤鬚磔虎樣精神文爛卿雲詩凌鮑謝筆勢駸駸更右軍渾餘事羨僊都夢覺金闕名存　門前父老忻忻煥奎閣新褒詔語溫記他年帷幄須依日月只今劍履快上星辰人道陰功天教多壽看到貂蟬七葉孫君家裏是幾枝丹桂幾樹靈椿

和吳子似縣尉

我見君來頓覺吾廬溪山美哉悵平生肝膽都成楚越只今膠漆誰是陳雷搔首踟躕愛而不見要得詩來渴望梅還知否快清風入手日看千回　直須抖擻塵埃人怪我柴門今始開向松間乍可從他喝道庭中且莫踏破蒼苔豈有文章謾勞車馬待喚靑芻白飯來君非我任功名意氣莫恁徘徊

稼軒長短句卷之二終

淳熙五年戊戌作
滿江紅過眼溪山閣題三江小閣
楊濟翁周顯先詞中句云笑塵
勞三十九年非蓋淳熙丁酉歲也自
隆興什被召赴行在戊戌（三十九歲）
赴湖北轉運副使從此與楊周偕
行其行程如經揚州溯江而上也
濟翁名炎正吉水人慶元二年進士
官至安撫使後詩名未第一
右子恭府

和人韻

淳熙四年丁酉年三十八
隆興元年九月任洪州知隆興府
即今之南昌府

稼軒長短句卷之三

水調歌頭

舟次揚州和楊濟翁周顯先韻

落日塞塵起胡騎獵清秋漢家組練十萬列艦聳層樓誰道投鞭飛渡憶昔鳴髇血汚風雨佛貍愁季子正年少匹馬黑貂裘今老矣搔白首過揚州倦游欲去江上手種橘千頭二客東南名勝萬卷詩書事業嘗試與君謀莫射南山虎直覓富民侯

又

落日古城角把酒勸君留長安路遠何事風雪敝貂裘散盡黃金身世不管秦樓人怨歸計狎沙鷗明夜扁舟去和月載離愁功名事身未老幾時休詩書萬卷致身須到古伊周莫學班超投筆縱得封侯萬里憔悴老邊州何處依劉客寂寞賦登樓

淳熙丁酉自江陵移帥隆興到官之三月被召司馬監趙卿王

漕餞別司馬賦水調歌頭席間次韻時王公明樞密薨坐客終夕爲興門戶之歎故前章及之

我飲不須勸，正怕酒尊空。別離亦復何恨，此別恨匆匆。頭上貂蟬貴客，苑外麒麟高塚，人世竟誰雄。出門一笑去，千里落花風。　孫劉輩，能使我，不爲公。余髮種種如是，此事付渠儂。但覺平生湖海，除了醉吟風月，此外百無功。毫髮皆帝力，更乞鑑湖東。

淳熙己亥自湖北漕移湖南同總領王漕趙守置酒南樓席上留別

折盡武昌柳，挂席上瀟湘。二年魚鳥江上，笑我往來忙。富貴何時休問，離別中年堪恨，憔悴鬢成霜。絲竹陶寫耳，急羽且飛觴。　序蘭亭，歌赤壁，繡衣香。使君千騎鼓吹，風采漢侯王。莫把離歌頻唱，可惜南樓佳處，風月已淒涼。在家貧亦好，此語試平章。

杖屨多事花庵作元事杖屨
此詞當是丙午丁未間作其時似已遷入帶湖新居
花庵相猜作猜猜
鳥

盟鷗 甲 花庵

帶湖吾甚愛，千丈翠奩開。先生杖屨無事，一日走千回。凡我同盟鷗鷺，今日既盟之後，來往莫相猜。白鶴在何處，嘗試與偕來。

破青萍，排翠藻，立蒼苔。窺魚笑汝癡計，不解舉吾杯。廢沼荒丘疇昔，明月清風此夜，人世幾歡哀。東岸綠陰少，楊柳更須栽。

以下和答元高和韻皆與上一首同時作也
湯拔
嘉論

湯朝美司諫見和用韻爲謝 甲

白日射金闕，虎豹九關開。見君諫疏頻上，談笑挽天回。千古忠肝義膽，萬里蠻煙瘴雨，往事莫驚猜。政恐不免耳，消息日邊來。

笑吾廬，門掩草，徑封苔。未應兩手無用，要把蟹鰲盃。說劍論詩餘事，醉舞狂歌欲倒，老子頗堪哀。白髮寧有種，一一醒時栽。

稼三　三　四印齋

和盟鷗韻和以謝之
來字複非原韻是後下應作開
來 開

嚴子文同傅安道和前韻因再和謝之

寄我五雲字，恰向酒邊開。東風過盡歸雁，不見客星回。均道瑣窗風月，更著詩翁杖

屨合作雪堂猜（子文作雪齋寄書云近以旱無以延客）歲旱莫留客霖雨要渠來　短燈檠長劍鋏欲生苔雕弓挂壁無用照影落淸盃多病闗心藥裹小摘親鉏菜甲老子政須哀夜雨北窗竹更倩野人栽

和趙景明知縣韻

官事未易了且向酒邊來君如無我問君懷抱向誰開但放平生邱壑莫管旁人嘲罵深蟄要驚雷白髮還自笑何地置衰頹

五車書千石飮百篇才新詞未到瓊瑰先夢滿吾懷已過西風重九且要黄花入手詩興未闗梅君要花滿縣桃李趁時栽

壽趙漕介菴

千里渥洼種名動帝王家金鑾當日奏草落筆萬龍蛇帶得無邊春下等待江山都老敎看鬢方鴉莫管錢流地且擬醉黄花喚雙成歌弄玉舞綠華一觴爲飮千歲江海吸流霞聞道淸都帝所要挽銀河仙

浪西北洗胡沙回首日邊去雲裏認飛車

和王政之右司吴江觀雪見寄

造化故豪縱千里玉鸞飛等閒更把萬斛瓊粉蓋玻璃好卷垂虹千丈只放冰壺一色雲海路應迷老子舊游處回首夢耶非　謫仙人鷗鳥伴兩忘機掀髯把酒一笑詩在片帆西寄語煙波舊侶聞道蓴鱸正美休裂芰荷衣上界足官府汗漫與君期

九日遊雲洞和韓南澗尚書韻

今日復何日黃菊爲誰開淵明謾愛重九胷次正崔嵬酒亦關人何事政自不能不爾誰遣白衣來醉把西風扇隨處障塵埃　爲公飲須一日三百盃此山高處東望雲氣見蓬萊翳鳳驂鸞公去落佩倒冠吾事抱病且登臺歸路踏明月人影共徘徊

再用韻呈南澗

千古老蟾口雲洞插天開漲痕當日何事洶湧到崔嵬攫土摶沙兒戲翠谷蒼崖幾

素壁寫歸來是罷官後作 當是丙午丁未間

據南澗年譜 南劍道中詩註云 南澗生於徽宗重和元年戊戌 己酉年二十七歲 其七十壽當在淳熙十四年丁未 甲辰乙巳以來南澗正相慶壽時 主湖南郭筒北役而已此詞從今杖屨南澗云云 蓋已合并以南澗僕居後也

變風雨化人來萬里須臾耳野馬驟空埃
笑年來蕉鹿夢畫蛇盃黄花憔悴風露
野碧漲荒萊此會明年誰健後日猶今視
昔歌舞只空臺愛酒陶元亮無酒正徘徊

再用韻李子永提幹

君莫賦幽憤一語試相開長安車馬道上
平地起崔嵬我愧淵明久矣猶借此翁湔
洗素壁寫歸來斜日透虛隙一線萬飛埃
斷吾生左持蟹右持盃買山自種雲樹

山下斸煙萊百鍊都成繞指萬事直須稱
好人世幾興臺劉郎更堪笑剛賦看花回

慶韓南澗尚書七十

上古八千歲纔是一春秋不應此日剛把
七十壽君侯看取垂天雲翼九萬里風在
下與造物同遊君欲討嵗月嘗試問莊周
醉淋浪歌窈窕舞温柔從今杖屨南澗
白日為君留聞道鈞天帝所頻上玉巵春
酒冠蓋擁龍樓快上星辰去名姓動金甌

席上用黃德和推官韻壽南澗

上界足官府，公是地行僊。青氊劒履舊物，玉立近天顏。莫怪新來白髮，恐是當年柱下，道德五千言。南澗舊活計，猿鶴且相安。

歌秦缶，寶康瓠，世皆然。不知清廟鐘磬，零落有誰編。莫問行藏用舍，畢竟山林鐘鼎，底事有虧全。再拜荷公賜，雙鶴一千年。公以雙鶴見壽

和信守鄭舜舉蔗菴韻

萬事到白髮，日月幾西東。羊腸九折岐路，老我慣經從。竹樹前溪風月，雞酒東家父老，一笑偶相逢。此樂竟誰覺，天外有冥鴻。

味平生，公與我，定無同。玉堂金馬，自有佳處著詩翁。好鎖雲煙窗戶，怕入丹青圖畫，飛去了無蹤。此語更癡絕，眞有虎頭風。

送信守王桂發

酒罷且勿起，重挽使君鬚。一身都是和氣，別去意何如。我輩情鍾休問，父老田頭說

李子永与之及韓南澗倡和在丙午丁未間

西以字乙集本皆作似識人安段也書從此本乙集作東南亦非

故

尹淚落獨憐渠秋水見毛髮千尺定無魚

望青闕左黃閣右紫樞東風桃李陌上

下馬拜除書屈指吾生餘幾多病妨人痛

飲此事正愁余江湖有歸雁能寄草堂無

送鄭厚卿赴衡州

寒食不小住千騎擁春衫衡陽石鼓城下

記我舊停驂襟以瀟湘桂嶺帶以洞庭青

草紫蓋屹西南文字起騷雅刀劍化耕蠶

看使君於此事定不凡奮髯抵几堂上

尊俎自高談莫信君門萬里但使民歌五

袴歸詔鳳凰啣君去我誰飲明月影成三

提幹李君索余賦野秀綠遶二

詩余詩尋醫久矣姑合二榜之

意賦水調歌頭以遺之然君才

氣不減流輩豈求田問舍而獨

樂其身耶

文字覷天巧亭榭定風流平生丘壑歲晚

也作稻粱謀五畝園中秀野一水田將綠

己酉先生五十

何所

遶䃰硜不勝秋飯飽對花竹可是便忘憂
吾老矣探禹穴欠東遊君家風月幾許
白鳥去悠悠插架牙籤萬軸射虎南山一
騎容我攬鬚不更欲勸君酒百尺臥高樓

元日投宿博山寺見者驚歎其老

頭白齒牙缺君勿笑衰翁無窮天地今古
人在四之中臭腐神奇俱盡貴賤賢愚等
耳造物也兒童老佛更堪笑談妙說虛空

坐堆豗行答颯立龍鍾有時三盞兩盞
淡酒醉濛鴻四十九年前事一百八盤狹
路拄杖倚牆東老境竟何似只與少年同

送楊民瞻

日月如磨蟻萬事且浮休君看簷外江水
滾滾自東流風雨瓢泉夜半花草雪樓春
到老子已菟裘歲晚問無恙歸計橘千頭
夢連環歌彈鋏賦登樓黃雞白酒君去
村社一番秋長劍倚天誰問夷甫諸人堪

紹熙二年 公年五十二
施師點淳熙十四年除知樞密院事
紹熙二年除知隆興府江西安撫使

紹熙三年壬子 公五十三歲

笑西北有神州此事君自了千古一扁舟

送施樞密聖與帥江西信之識云水打烏龜石方人也大奇寶施字

相公倦台鼎要伴赤松遊高牙千里東下笳鼓萬貔貅試問東山風月更著中年絲竹留得謝公不孺子宅邊水雲影自悠悠占古語方人也正黑頭穹龜突兀千丈石打玉溪流金印沙堤時節畫棟珠簾雲雨一醉早歸休賤子祝再拜西北有神州

壬子三山被召陳端仁給事飲餞席上作

長恨復長恨裁作短歌行何人爲我楚舞聽我楚狂聲余既滋蘭九畹又樹蕙之百畮秋菊更餐英門外滄浪水可以濯吾纓一盃酒問何似身後名人間萬事毫髮常重泰山輕悲莫悲生離別樂莫樂新相識兒女古今情富貴非吾事歸與白鷗盟

題張晉英提舉玉峰樓

木末翠樓出，詩眼巧安排。天公一夜削出，四面玉崔嵬。疇昔此山安在，應爲先生見晚，萬馬一時來。白鳥飛不盡，却帶夕陽回。

勸君飲，左手蟹，右手盃。人間萬事變滅，今古幾池臺。君看莊生達者，猶對山林皋壤，哀樂未忘懷。我老尚能賦，風月試追陪。

三山用趙丞相韻答帥幕王君且有感於中秋近事併見之末章

說與西湖客，觀水更觀山。淡粧濃抹西子，喚起一時觀。種柳人今天上，對酒歌翻水調，醉墨捲秋瀾。老子興不淺，歌舞莫教閑。

看尊前，輕聚散，少悲歡。城頭無限今古，落日曉霜寒。誰唱黃雞白酒，猶記紅旗清夜，千騎月臨關。莫說西州路，且盡一杯看。

即席和金華杜仲高韻併壽諸友惟醻乃佳耳

萬事一盃酒長歎復長歌杜陵有客剛賦
雲外築婆娑須信功名兒輩誰識年來心
事古井不生波種種看余髮積雪就中多
二三子問丹桂倩素娥平生螢雪男兒
無柰五車何看取長安得意莫恨春風看
盡花柳自蹉跎今夕且歡笑明月鏡新磨

醉吟 丙

四坐且勿語聽我醉中吟池塘春草未歇
高樹變鳴禽鴻雁初飛江上蟋蟀還來牀

下時序百年心誰要卿料理山水有清音
歡多少歌長短酒淺深而今已不如昔
後定不如今閑處直須行樂良夜更教秉
燭高會惜分陰白髮短如許黃菊倩誰簪

題趙晉臣敷文眞得歸方是閑
二堂 丁

十里深窈窕萬瓦碧參差青山屋上流水
屋下綠橫溪眞得歸來笑語方是閑中風
月剩費酒邊詩點檢笙歌了琴罷更圍棊

王家竹陶家柳謝家池知君勳業未了不是枕流時莫向癡兒說夢且作山人索價頗怪鶴書遲一事定嗔我已辦北山移

賦傅巖叟悠然閣

歲歲有黃菊千載一東籬悠然政須兩字長笑退之詩自古此山元有何事當時纔見此意有誰知君起更斟酒我醉不須辭回首處雲正出鳥倦飛重來樓上一句端的與君期都把軒窗寫遍更使兒童誦

得歸去來兮辭萬卷有時用植杖且耘耔

題吳子似瑱山經德堂堂陸象山取名也

喚起子陸子經德問何如萬鍾於我何有不負古人書聞道千章松桂剩有四時柯葉霜雪歲寒餘此是瑱山境還似象山無耕也餒學也祿孔之徒青山畢竟升斗此意頗關渠天地清寧高下日月東西寒暑何用著工夫兩字君勿惜借我榜吾廬

集中最愛說淵明居子 蓋緣
情性相同

賦松菊堂

淵明最愛菊三徑也栽松何人收拾千載風味此山中手把離騷讀遍自掃落英餐罷杖屨曉霜濃皎皎太獨立更插萬芙蓉　水潺湲雲澒洞石龍嵸素琴濁酒喚客端有古人風却怪青山能巧政爾橫看成嶺轉面已成峰詩句得活法日月有新工

將遷新居不成戲作時以病止酒且遣去歌者末章及之

我亦卜居者歲晚望三閭昂昂千里泛泛不作水中鳧好在書攜一束莫問家徒四壁往日置錐無借車載家具家具少於車　舞烏有歌亡是飲子虛二三子者愛我此外故人疏幽事欲論誰共白鶴飛來似可忽去復何如衆鳥欣有托吾亦愛吾廬

趙昌父七月望日用東坡韻敘太白東坡事見寄過相褒借且有秋水之約八月十四日卧病

博山寺中因用韵爲謝兼寄吳子似

我志在寥濶、疇昔夢登天摩挲素月人世、
俛仰已千年有客驂鸞並鳳、云遇青山赤
壁、相約上高寒酌酒援北斗、我亦蝨其間

少歌曰、神甚放、形則眠鴻鵠一再高擧、
天地睹方圓欲重歌兮夢覺、推枕惘然獨
念、人事底虧全有美人可語、秋水隔嬋娟、

題永豐楊少游提點一枝堂

萬事幾時足日月自西東無窮宇宙人是
一粟太倉中一葛一裘經歲一鉢一瓶終
日老子舊家風更著一盃酒夢覺大槐宮
記當年嚇腐鼠歎冥鴻衣冠神武門外
驚倒幾兒童休說須彌芥子看取鵾鵬斥
鷃小大若爲同君欲論齊物須訪一枝翁

席上爲葉仲洽賦

高馬勿捶面、千里事難量長魚變化雲雨、
無使寸鱗傷一壑一丘吾事、一斗一石皆

醉風月幾千場。鬚作蝟毛磔。筆作劍鋒長。我憐君癡絕似。顧長康。綸巾羽扇顛倒。又似竹林狂。解道長江如練準備停雲堂上千首買秋光怨調爲誰賦一斛貯檳榔

玉蝴蝶

追別杜仲高

古道行人來去香紅滿樹風雨殘花望斷青山高處都被雲遮客重來風流觴詠春已去光景桑麻苦無多一條垂柳兩箇啼鴉人家疏疏翠竹陰陰綠樹淺淺寒沙醉兀籃輿夜來豪飲太狂些到如今都齊醒却只依舊無奈愁何試聽呵寒食近也且住爲佳

杜仲高書來戒酒用韻

貴賤偶然渾似隨風簾幙籬落飛花空使兒曹馬上羞面頻遮向空江誰捐玉珮寄離恨應折疏麻暮雲多佳人何處數盡歸鴉儂家生涯蠟屐功名破甑交友摶沙

往日曾論淵明似勝臥龍些算從來人生
行樂休更說日飲亡何快斟呵裁詩未穩
得酒良佳

稼軒長短句卷之三終

淳熙本丙午書十首